AF346401

LETTRE

D'UN HERMITE

A J. J. ROUSSEAU,

DE GENEVE.

Avril 1753.

A

LETTRE

D'UN HERMITE

A J. J. ROUSSEAU,

DE GENEVE.

L'ACADEMIE de Dijon, Monsieur, en
donnant le prix à votre Ouvrage, n'a point
prétendu, par-là, approuver votre opinion; elle
en auroit usé de même à l'égard de celui qui
auroit fait le mieux l'éloge de la Folie, ou de
la Fiévre; elle ne se rend Juge que de l'élo-
quence avec laquelle un Paradoxe est soute-
nu, sans prétendre adopter le sentiment de
l'Auteur : il y a même lieu de croire que vos
Sophismes imposans l'ont séduite au point,
de ne pas s'appercevoir que vos principes
étoient les mêmes que ceux de Stork, l'un
des premiers Chefs des Anabaptistes. Il disoit,
comme vous, que les Sciences & les Belles-
Lettres avoient corrompu les mœurs; il le
persuada si bien aux Ecoliers, qu'ils brûlerent
tous leurs Livres, & s'imaginerent, sur la foi
du Réformateur, que le sentiment intérieur
de leur mérite suffisoit pour toutes les actions

de leur vie. Il ajoûtoit, en prêchant aux Païsans, que l'inégalité des conditions étoit l'ouvrage de l'injustice, & que l'Univers ne devoit être peuplé que de Laboureurs & de Chasseurs. Vous savez, Monsieur, ce que cette belle doctrine a produit, & voilà ce qui m'a frappé dans votre discours, & dans vos réponses à ceux qui l'ont attaqué. Il y a lieu de croire que vos adversaires sont doüés de cette politesse dont vous faites un crime aux Sciences, car il me paroît qu'ils vous ont bien menagé. Pour moi qui ne suis ni philosophe, ni bel esprit, je vais en agir avec vous avec cette même franchise que vous affectez d'avoir envers le Public. Je vous dirai donc, que j'ai trouvé votre sentiment, & tout ce que vous avez écrit pour l'appuyer, pernicieux à la Société, & d'une très dangéreuse conséquence. Il y a même de l'inhumanité dans votre opinion, & je la prouve en me conformant à une de vos comparaisons. Je suppose qu'on vous priât d'entrer dans un Hôpital, & qu'au lieu d'en plaindre les Malades, vous déclamassiez contre le seul remede capable de les soulager, & d'empêcher le progrès du mal, n'auroit-on pas droit de crier à la cruauté ! Et c'est précisément ce que vous faites par votre aveu.

Vous affirmez que toutes les Nations sçavantes sont vicieuses, vous allez plus loin, vous ajoutez, qu'un Peuple vicieux ne revient jamais à la vertu ; vous convenez tout de suite que les Sciences & les Belles-Lettres empê- chent les vices de se tourner en crimes. Voilà je crois, à parler en bonne politique, & en bonne philosophie morale, des motifs assez puissans pour exciter aux Sciences plûtôt que d'en détourner. Il y a une réflexion à faire bien plus solide encore, d'après votre aveu ; le passage du vice au crime est bien plus facile dans un cœur déja corrompu, que celui de l'innocence à une corruption naissante : il faut donc supposer plus d'effort dans la digue qui s'oppose au crime, qu'à celle qui s'oppose à la simple corruption ; vous savez que qui peut le plus peut le moins ; si, de votre aveu, les Sciences & les Belles-Lettres empêchent les vices de tourner en crimes, à plus forte raison elles ont dû non seulement ne point altérer l'innocence, mais même contribuer à sa conservation.

Je vous laisse le tems de réfléchir tout à votre aise à cet argument que vous m'avez fourni. Ni vous, ni personne ne sera jamais en état de prouver votre Paradoxe ; il faudroit, pour cela, connoître ou avoir connu un Peu- ple naturellement bon & vertueux, qui n'eût cessé de l'être qu'après avoir cultivé les Sciences : j'ai beau chercher ce peuple-là dans tous les tems & dans tous les lieux, je ne le trouve point ; je ne crois pas que vous l'ayiez rencontré de Genêve à Paris ; & fi, par hafard, vous avez la bonne foi de le croire exiftant fur des relations, vous êtes encore auffi fimple que vous l'étiez du tems que vous penfiez qu'un homme reffembloit à fes livres. Vous dites, fans le prouver, que vos adverfaires font plus touchés de l'intérêt des Gens de Lettres, que des Lettres même ; & moi qui vous ai promis de parler avec franchife, je crois de même, que vous n'avez mal parlé des Lettres, que pour vous faciliter l'occafion d'offenfer tous les Gens de Lettres ; le caractere de votre modeftie pareil à celui de Diogêne, donne lieu de le penfer ; je vous dirai, que cet efprit de fingularité que vous avez naturellement, ou que vous affectez, **ne** réüffit point. Je vous déclare ces chofes **avec** d'autant plus de liberté, que cela n'eft pas **ca**pable de vous faire la moindre impreffion défagréable : *vous avez appris à mériter votre propre eftime.* Quand la modeftie en eft à ce point, le jugement des autres nous eft fort indifférent; cela me raffure & me met à l'aife fur quelques vérités que j'ai encore à vous dire. Mériter fa propre eftime me paroît une expreffion qui demande à être approfondie pour en fentir toute la valeur & toute l'énergie ; s'eftimer, c'eft s'apprécier ; mériter fa propre eftime, c'eft fe dire je vaux tant, j'en fuis certain; c'eft être Juge

& Partie : tant que ce sentiment d'estime n'est qu'intérieur, c'est un orgueil caché : mais en faire un aveu public, la qualification que cela entraîne après soi est si forte, que j'aime mieux vous la laisser deviner, que de la nommer.

Je conviens qu'il y a dans les hommes une valeur intrinséque indépendante de la maniere de penser des autres ; mais je trouve un homme fort à plaindre quand il se croit obligé de s'élever un petit tribunal qui ne ressortisse que de la bonne opinion qu'il a de lui-même, pour se juger favorablement. Vous vous souciez très-peu, dites-vous, de persuader vos adversaires, vous voulez les convaincre. Et comment fait-on, s'il vous plaît, pour convaincre les autres du dégré de mérite qu'on croit avoir, quand ils n'en veulent pas convenir ? Il faudra vous en passer. Vous ne les avez pas plus convaincus que persuadés ; il est même une nature de sentiment dont on ne sçauroit convaincre, on ne peut que persuader. Puisque la preuve des mouvemens interieurs ne s'apperçoit point, les signes exterieurs qu'on en donne sont au moins équivoques, s'ils ne sont faux. Telle est, par exemple, la satisfaction que vous a causé la chûte de votre pauvre Narcisse ; il falloit que vos succès litteraires, dont le Public ne connoît qu'une très-petite partie, eussent terriblement ébranlé votre ame, pour qu'elle

eût befoin d'un contrepoids égal à celui-là.
Vous vous eftimeriez bienheureux, dites-
vous, d'avoir tous les jours une Piéce à faire
fiffler, fi pendant deux heures vous pouviez
contenir les mauvais deffeins d'un feul Specta-
teur. Mais outre que vos chûtes réiterées ne
feroient que fufpendre, & peut-être occa-
fionner les mauvais projets, comptez-vous
pour rien, vous qui êtes fi délicat, l'efpéce
de vol que vous feriez au Public, en lui donnant de mauvaifes Piéces pour de bon argent,
& de l'ennui pour du plaifir ? Le fuccès de
votre Devin de Village ne mérite pas de
votre part que vous effayiez une chûte nou-
velle pour retenir votre amour propre : il a
été à Paris, & eft encore à l'uniffon de
l'ouvrage. Si un Peintre m'avoit fait un Ta-
bleau dans ce goût là, je dirois qu'il l'a deffi-
né d'après nature, & qu'il l'a colorié avec
du lait & de l'amidon. La Dédicace que
vous en avez fait à M. Duclos, étoit à fa
place ; votre reconnoiffance la lui devoit.
Vous fouhaitez qu'elle lui faffe autant d'hon-
neur qu'à vous. Ce defir légitime ne fera pas
fi-tôt rempli. Je m'arrête un moment à votre
Epitre au Public ; elle exige une confidera-
tion particuliere. Vous lui apprenez que vous
n'avez travaillé que pour vous, & que l'ouvrage vous a plû. Je vous en fais mon compli-
ment, dans le fens que je le ferois à une

femme qui ayant paſſé quatre à cinq heures à ſa toilette, n'ayant rien négligé de ce que ſon art eſt capable d'ajouter à ſes graces, diroit en ſe contemplant à ſon miroir : *Je ſuis contente de moi, je me plais, & ne ſuis nullement jalouſe de plaire aux autres.* Cependant, cette femme qui ſe ſuffit à elle-même, s'aviſe d'aller aux Thuilleries, perſonnne ne la regarde, ou ſi, par hazard, quelques yeux ſe fixent ſur elle un moment, c'eſt pour lui faire reſſentir le peu de pouvoir de ſes charmes. Cette femme, de retour chez elle, n'eſt pas moins ſatisfaite d'elle-même, s'il faut l'en croire. Qu'en penſez-vous, Monſieur ? Pour moi, je juge de l'Auteur comme tout le monde jugeroit de la femme. Pourquoi vous produire au grand jour, puiſque vous étiez inſenſible aux ſuffrages & aux ſifflets? *Credat Judæus apella non ego.*

Vous finiſſez la Préface de votre Narciſſe par une confeſſion d'un genre dont on ne vous ſoupçonnera pas d'avoir pris le modéle dans Saint Auguſtin. Celui-ci nous a fait l'énumération de toutes ſes foibleſſes, & vous faites celle de votre déſintéreſſement, de votre modeſtie, de votre fermeté à ſoutenir la chûte de vos ouvrages, de votre peu de jolouſie du ſuccès de vos concurrens, de la nobleſſe de vos ſentimens pour rendre juſtice aux grands hommes ; de votre mépris pour

la fortune; enfin de votre sacrifice continuel,
de votre réputation même à votre vertu. Vous
allez plus loin, vous êtes si certain de vos
sentimens, que vous invitez le Public de vous
avertir, si par impossible vous veniez à les
trahir; c'est-à-dire, en termes clairs, que vous
avez de votre vertu la même idée que *Calvin*
avoit de la justification; c'est-à-dire, qu'elle
est inadmissible. Il est vrai que vous vous êtes
réservé une forme d'excuse admirable & di-
gne de vous, si vous veniez à manquer à
vos engagemens. Ainsi, supposons qu'on eût
lieu de dire quelque jour : J. J. Rousseau
de Genêve, ce Philosophe si singulier, si dé-
sintéressé a cependant fait la cour à quelque
grand; il a eu une place à l'Académie; sa
vertu n'a pas toujours été constante; il a bri-
gué la faveur de quelques femmes d'esprit; il
a consenti à des éloges imprimés avant qu'ils
le fussent. Vous ne manqueriez pas de dire
sur ces changemens ce que vous avez répon-
du aux reproches qu'on vous a fait de culti-
ver les Belles-Lettres, dans le temps que
vous les dénigrez. Ce sera, je l'avoue, (avez
vous prononcé) une satyre très-amére, non
de moi, mais de mon siécle. Bon jour,
Monsieur; vous ne me devez aucune réponse;
j'ai rompu commerce avec tout le monde;
& quand même je n'aurois fait que déraison-
ner dans toute ma Lettre, il paroîtroit, en

vous défendant, que votre propre estime que vous avez si bien méritée, ne vous suffiroit pas, & ce seroit par conséquent sortir de votre admirable principe.

L'HERMITE de Charonne.